사랑이여 조그만 사랑이여

국립중앙도서관 출판예정도서목록(CIP)

사랑이여 조그만 사랑이여 : 나태주 시집 / 지은이: 나태주.
 -- 대전 : 지혜, 2016
    p. ;   cm. -- (J.H classic ; 004)

ISBN 979-11-5728-173-2 03810 : ₩10000

한국 현대시[韓國 現代詩]

811.7-KDC6
895.715-DDC23   CIP2016006438

J.H CLASSIC 004

사랑이여 조그만 사랑이여

나태주 시집

지혜

시인의 말

*《사랑이여 조그만 사랑이여》

인간은 사랑에 의해서 완성된다고 생각합니다. 시와 자연과 신도 사랑에 의해 대단원이 내려진다고 생각합니다. '사랑이 없는 곳엔 시도 없다. 시는 사랑의 한 표현 양식일 뿐이다.' 이건 평소 제 작은 믿음이며 소망이기도 했습니다.

*《구름이여 꿈꾸는 구름이여》

이 시편은 앞의 시편인 '사랑이여 조그만 사랑이여'에 이어지는 시편입니다. '사랑이여'가 봄과 여름의 시요, 사랑의 환희를 표현한 시요, 만남과 헤어짐의 예고와 그 전개를 말하는 시라면 '구름이여'는 가을의 시요, 사랑의 상실을 표현한 시요, 헤어짐과 헤어짐의 실현과 그 결말을 말하는 시라고 할 수 있을 것입니다.

그렇다고 이 시집이 사랑의 완성이나 결론을 얻어낸 것이라는 말은 아닙니다. 오히려 그 반대의 입장이요, 하나의 조그만 출발이요, 방황의 흔적에 지나지 않은 것이라고 말할 수 있을 것입니다. 그러면서도 이런 시편들을 시집으로 펼침은 행운인지 아니면 만용인지, 또 어리석음 그것인지 아직은 모를 일입니다.

*1981년과 1983년도에 나온 시집의 서문과 발문을 그대로 옮겨 적으면서 젊은 날의 초상과 같은 시집을 다시금 세상에 내보냅니다. 이 또한 35년만의 일입니다. 시여! 너 오래 살면서 견뎠거니 나 또한 오래 살며 견뎠구나. 새삼스레 감격이요 고마움입니다.

2016년 봄이 오는 길목
나태주 적음

차례

1부 사랑이여 조그만 사랑이여

2부 구름이여 꿈꾸는 구름이여

• 일러두기

한 연이 첫 번째 행에서 시작될 때는 > 로 표시합니다.

1부

사랑이여 조그만 사랑이여

창가에서

온종일 창가에 서서
네 생각 하나로 날이 저문다.

물오르는 나무들
초록 불 활활 타오르는
나무들을 바라보며

나 또한
물오른 나무,
초록 불 활활
타오르는 나무라 치자.

가슴속에 눈빛에
팔과 다리에
푸우런 풀빛 물드는
한 그루 나무라 치자.

마주보다

가득한 시름 부릴 곳 없어
바라보는 산이라면
안개비에 이마가 젖은 산이요,

가슴에 차오르는 슬픔 맡길 곳 없어
마주하는 숲이라면
저 혼자 외로이
하늘 향해 몸 흔드는
키 큰 미루나무 숲이다.

너를 좋아하는 것은

내가 너를 좋아하는 것은
실은
내가 나를 좋아한다는 말이다.

내가 너를 그리워한다는 것은
실은
내가 나를 그리워한다는 말이다.

내가 너를 두고 외로워한다는 이것은
실은
내가 나를 두고 외로워한다는 말이다.

내가 너를 사랑한다는 이것은
실은
내가 나를 사랑한다는 말이다.

내가 너를 떠난다는 이것은
실은
내가 나를 떠난다는 말이다.

>

내가 너를 포기한다는 이것은
실은
내가 나를 포기한다는 말이다.

창문 열면

라일락꽃
시계풀꽃
꽃내음에 홀려
창문 열면
5월의 부신 햇살
싱그런 바람
왠지 나는 부끄러워라.
내가 너를 생각하는 이 마음을
네가 알 것만 같아
혼자 서 있는 나를
네가 어디선 듯
숨어서 가만히 웃고 있을 것만 같아서…….

하루만 보지 못해도

하루만 보지 못해도
무슨 일이 있지나 않을까……
네가 나를 아주 잊어버리지나
않았을까……

길모퉁이 담장 아래에도
너는 서 있고
공원의 나무 아래 벤치에도
너는 앉아 있고
오가는 사람들의 물결 속에도
너는 섞여 있고
길거리 밝은 불빛 속에서도
너는 웃으면서 내게로 온다.

아, 그러나
너는 언제나 내 앞에 없었다.

가을 앞에

헛꽃만 많이 피웠지
열매를 맺지 못한 가지
가을이 와서야
썰렁해질 빈 가지.

광주리
빈 광주리
광주리는 어찌
큰 것을 가져왔노?

바람이 분다

바람이 분다.
창문이 덜컹댄다.
거 누가 날 찾아왔소?
하늘 끝에서런 듯
한 소절의 비명 소리.

만남

만나자마자 우리는
헤어질 슬픔을 두려워했고
헤어지자마자 우리는
오래 기다려야 할 괴로움을
또한 두려워했다.

너를 알고 난 다음부터 나는

너를 알고 난 다음부터 나는
잠을 자도
혼자 잠을 자는 것이 아니라
너와 함께 잠을 자는 것이요,

너를 알고 난 다음부터 나는
길을 걸어도
혼자 걷는 것이 아니라
너와 함께 걷는 것이요,

너를 알고 난 다음부터 나는
달을 보아도
혼자 바라보는 달이 아니라
너와 함께 바라보는 달이다.

너를 알고 난 다음부터 나는
노래를 들어도
혼자 듣는 노래가 아니라
너와 함께 듣는 노래이다.

달님

차고 맑은 여울물에 빠져 부서지는 달님은
차고 깨끗한 너의 얼굴.
신록에 얹히는 산들바람은
너의 머리칼 내음 머금은 바람.

기도

죽는 날까지 이 마음이
변치 않게 하소서.
죽는 날까지 깨끗한 눈빛을
깨끗한 눈빛으로 바라보게 하소서.
사랑하는 사람을 지키는
작고 가난한 등불이게 하소서.
꺼지지 않게 하소서.

너 없는 날

사람 많은 데서 나는
겁이 난다,
거기 네가 없으므로.

사람 없는 데서 나는
겁이 난다,
거기에도 너는 없으므로.

너에게 말한다

네가 나를 좋아한다고 말할 때
나는 너를 좋아하지 않는다고 말하리.

네가 나를 사랑한다고 말할 때
나는 너를 사랑하지 않는다고 말하리.

네가 나 없이는 세상을 살 수 없다고 말할 때
나는 너 없이도 세상을 살아갈 수 있다고 말하리.

네가 내 생각하느라 밤잠을 설쳤다고 말할 때
나는 꿈속에서도 너를 만나지 못했다고 말하리.

네가 나를 그리워했다고 말할 때
나는 너를 그리워하지 않았다고 말하리.

그러나 어느 날 갑자기
네가 내 곁을 떠나겠다고 말할 때
나는 비로소 조용히 고개를 떨구리.

빗보는 마음

무엇이 정말로 있는 것이고
무엇이 정말로 없는 것일까?
지금 내 앞에 있는 것들이
정말로 있는 것일까?
아니면 지나간 날의 어느 한때 어느 곳에
있었던 것이 정말로 있었던 것일까?
그것도 아니라면
앞으로 올 어느 때의 어느 것이 정말로 있는 것일까?

정말로 세상에 있는 것이라면
내가 너를 좋아하는 이 마음뿐이다.
네가 나를 좋아하는 그 마음뿐이다.
하늘 파랑 붉은 노을
꽃의 핏줄 신록의 숨결
그것이 되어 우리에게 다시 올
너와 나의 마음뿐이다.
그것만이 정말로 세상에 있는 것이다.

종소리

일요일 교회와 성당의 종소리가 아무리 은은해도
하느님을 모르는 사람들에겐
종소리가 종소리로 들리지 않는다.

소쩍새가 아무리 밤을 지새워 울어도
마음에 외로움이 없는 사람들에겐
소쩍새 소리가 소쩍새 소리로 들리지 않는다.

뜨락의 꽃이 아무리 고와도
사랑의 마음을 지니지 않은 사람들에겐
꽃이 꽃으로 보이지 않는다.

내가 비로소 마음속에
하느님과 외로움과 사랑을 지녔을 때에만
내 앞에 있는 너는 비로소
종소리가 되고 소쩍새 울음소리가 되고
꽃이 된다.

멀리 있는 너를 두고

이렇게 좋은 날씨에
이렇게 좋은 신록을 앞에 두고
내 옆에 네가 있었다면
얼마나 좋았을까?

네가 없음으로 하여 나는
이토록 빛나는 외로움과
슬픔을 갖거니와
멀리 있는 사람아,

나 혼자 가진
이 외로움과 슬픔 또한
네가 나에게 준
값비싼 선물이겠네.

꿈꾸는 사랑

네 손을 만지기보다는
네 손을 만지고 싶어 하는
내 마음만을 아끼고 싶었다.

네 머리칼을 쓸기보담은
네 머리칼을 쓸어 주고 싶어 하는
내 마음만을 더 좋아하고 싶었다.

너를 안아주기보다는
너를 안아주고 싶어 하는
내 마음만을 나는 더 가지고 싶었다.

네 입술에 눈빛에 입맞춤하기보다는
네 입술에 눈빛에 입맞춤하고 싶어 하는
나의 마음만으로 나는 더 행복해지고 싶었다.

제비꽃

검정 염소가 뜯어먹다 만 풀숲에
아이들 놀다 간 자갈담장 아래
가여웁게 피어난 제비꽃,
몇 송이의 제비꽃,
좁은 어깨
질린 입술
우는 건 비천한 일이니라.
우는 건 비천한 일이니라.

뜻대로 하소서

주여, 저는 사랑하고
괴로워하나이다.
괴로워하고 또
사랑하나이다.

장독대에 즐비한
장독들
가운데서도 금이 가고
귀떨어진 소금항아리,

고쳐 쓰시든지
버리시든지
뜻대로 하소서.

작은 노래

노래여
작은 노래여
작은 아씨여.

삼남 행

졸다
깨다

삼남三南
들.

깨다
졸다

네
생각.

높은 산
청청靑靑,

깊은 물
정정淨淨

가는 곳마다
오동나무는

>

보랏빛 꽃가마를

받쳐 들었다.

하늘 종소리

딩동댕댕
하늘 종소리.

꽃 속에선 듯
잎 속에선 듯

딩동댕댕
하늘 종소리.

등꽃

헛맹세
헛보람.

우리는 헤어지지 말자고,
언제든 다시 만나자고,

헛미련
헛기쁨.

우리는 언제까지나 정다울 수 있을 것이라고
이 마음 결코 변함이 없을 것이라고…….

사랑은 · 1

사랑은
안절부절.

사랑은
설레임.

사랑은
서성댐.

사랑은
산들바람.

사랑은
나는 새.

사랑은
끓는 물.

사랑은
천千의 마음.

사랑의 기쁨

너로 하여
세상이 초록빛으로 변했다면
아마 너는 나를
거짓말쟁이라 할 것이다.

너로 하여
세상이 갑자기 신바람 나는 세상이 되었다면
역시 너는 나를
거짓말쟁이라 할 것이다.

너를 얻은 뒤부터
세상 전부를 얻은 것 같았다고 말한다면
더더욱 너는 나를
거짓말쟁이라 할 것이다.

너로 하여
나의 세상이 서럽고 외로운 세상이 되었다면
그 또한 너는 나를
거짓말쟁이라 할 것이다.

작은 아씨

아씨야
작은 아씨야

이왕 공주님인 셈치고 산다면
공주님이 못 될 것도 없는 일이다.

아씨야
작은 아씨야

이왕 선녀님인 셈치고 산다면
선녀님이 못 될 것도 없는 일이다.

가난하지만 당당하게
키가 작지만 자랑스럽게

아씨야
작은 아씨야

공주님 되어 세상을 살다 가리라.
선녀님 되어 세상을 살다 가리라.

너

너는
한 마리 아기 새.
내 가슴속 새장에
갇혀서 사는 아기 새.

나를 풀어줄 수는 없나요?
저 넓고 푸른 하늘로
훨훨 날아다니게 해 줄 수는
없나요?

너는
한 송이 아기 꽃.
내 가슴속 화분에
심겨져서 꽃피는 아기 꽃.

나를 옮겨 심어줄 수는 없나요?
저 넓고 푸른 들판에 살며
마음껏 부는 바람 오는 소나기
맞게 해 줄 수는 없나요?

나만의 비밀

너를 생각하는 나의 마음은
아무에게도 들키고 싶지 않은
나만의 비밀.

너를 생각하는 나의 마음은
너한테도 들키고 싶지 않은
나만의 비밀.

굴참나무 숲

늙은 굴참나무 숲
늙은 은행나무 새 잎새에서
바람이 알몸을 일으킨다.
음악이 흐른다.
음악이 날린다.

등꽃송이 줄줄이 늘어진 등나무 선반 아래
잔디밭에서 나는 문득
너에게 알맞은 이름 하나를
지어 주고 싶다.

네 얼굴과
네 눈빛과
네 입술과
네 가슴에 꼭 맞는
이름 하나를
지어 주고 싶다.

아기 참새
아기 별

아기 꽃
아침 이슬
작은 아씨……

네 얼굴을 생각한다면
아기 참새
네 눈빛을 생각한다면
아기 별
네 입술을 생각한다면
아기 꽃
네 가슴을 생각한다면
아침 이슬……

그러나 나는, 끝내 너에게
꼭 맞는 이름 하나를
찾지 못하고 만다.

숲속의 말

우리가 마주 앉아
웃으며 이야기하던
그 나무에는
우리들의 숨결과
우리들의 웃음소리와
우리들의 이야기 소리가
스며 있어서,
스며 있어서,

우리가 그 나무 아래를 떠난 뒤에도,
우리가 그 나무 아래에서
웃으며 이야기했다는 사실조차
까마득 잊은 뒤에도,

해마다 봄이 되면 그 나무는
우리들의 웃음소리와
우리들의 숨결과 말소리를 되받아
싱싱하고 푸른 새 잎으로 피울 것이다.

서로 어우러져 사람들보다 더

스스럼없이 떠들고 웃고 까르륵대며
즐거워하고 있을 것이다.
볼을 부비며 살을 부비며 어우러져
기쁨을 나누고 있을 것이다.

보리밭길

풋보리
너는 풋보리.

보얀 모가지
부끄럽고

실바람이
간지러워

깔깔대는
갓스물.

장곡사

산
층층
나무
층층
울음 북받쳐
눈물 치솟아
신록이 되고
꽃이 된
장곡사長谷寺,
상대웅전上大雄殿.
무엇이
고려의 옛 사내를
오늘에 남아
울게 하는가.
슬픔에 손이 저려
녹물 들게 하는가.
산감나무 새잎 나는 봄마다
산제비꽃
민들레꽃
눈을 맞추고.

꽃

교회
뜨락에
피어 있는 꽃은
예수님의 꽃.

절간
뜨락에
피어 있는 꽃은
부처님의 꽃.

청양 가서

산이 높고
골이 깊어
어쩌노?
답답하고
나갈 곳 없어
어쩌노?
어쩌긴 어째
너만 좋다면
예서 아주 오래
눌러나 살래지.
나무나 되고 봄마다
푸른 풀이나 되라지.

칠갑산

어디를 가든
네가 따라 다녔다.

꽃을 보아도 예쁜 꽃은
네 얼굴쯤으로 보였고

산을 보아도 조그만 산은
네 가슴쯤으로 보였다.

내 옆에 없는 네가 어느샌가
바람 타고 내 옆에 와서

무엇을 보든 나는 너와 함께 보았고
무엇을 듣든 나는 너와 함께 들었다.

너와 함께 보는
철쭉꽃, 칠갑산 산철쭉꽃.

너와 함께 듣는
방울새 소리, 칠갑산 방울새 소리.

처녀애들

네 나이 또래의 처녀애들을 보면
내 가슴은 무지개빛 가슴이 되고
나의 두 눈은 두 자루의 촛불이 된다.

햇빛 속에서 햇빛으로 부서져
수런대는 나뭇잎새 사이 바람으로 부서져
이리로 오는 처녀애들, 처녀애들……

그 눈매 하나하나
그 입술 하나하나
그 머리카락 하나하나
그 팔과 다리 하나하나가
반짝이는 나뭇잎새 되고

작은 가슴 할딱이는 아기새 되고
이슬 머리 감는 풀잎이 되고
비늘 뒤집는 물고기
튼튼한 지느러미의 물고기 되어
이리로 오느니, 헤엄쳐 오느니……

>
　오, 자랑스런 아름다움이여.
　우아함이여.
　네 나이 또래 아이들 앞에서 나는
　그저 그득히 고여 출렁이는 바다
　바다를 넘는 돛단배일 뿐,

　살아 있음이여.
　내가 살아서 네 앞에서 숨 쉼이여.
　너는 수없이 내 앞을 지나쳐가고
　나를 거들떠보지도 않은 채
　저희들끼리의 즐거움에 묻혀 흘러가고
　목우木偶,
　나는 조그만 목우 되어
　그 자리에 서기로 한다.

보고 싶은 날

눈이 창밖으로 달린다.
귀가 창밖으로 달린다.

네 눈빛이 나무 나무
부신 나무의 신록이 되어 내 눈을
꼬이기 때문이다.

네 숨소리 말소리 발자국 소리가
작은 나뭇잎새 되어 수런댐 되어 내 귀를
꼬이기 때문이다.

고백

남몰래 혼자 부르고 싶은 이름을
가졌다는 것은
황홀하도록 기쁜 일이다.

남몰래 혼자 생각하고픈 사람을
가졌다는 것은
슬프도록 기쁜 일이다.

나 혼자만 생각하다가 잠이 들고
나 혼자만 생각하다가 잠이 깨고픈
사람을 갖는다는 건
행복하도록 외로운 일이다.

나를 산의 나무, 들의 풀이라
불러다오.
내 몸의 어디를 건드리든지
푸른 풀물 향그런 나무 내음이
번질 것만 같지 않느냐!

나를 조그만 북이라고

불러다오.
내 몸의 어디를 건드리든지
두둥둥둥 두둥둥둥
북소리가 울릴 것만 같지 않느냐!

아씨야

아씨야,
어쩌면 우리가 사람으로 태어나
그것도 같은 하늘 같은 땅 같은 바람 속에
사람으로 태어나
이렇게 서로 눈 맞추기도 하고
헤어져서 혼자 생각하며
외로워한다는 것을 생각하면
아씨야,
눈물이 난다야.
그저 가슴이 떨린다야,
조그만 아씨야.

아름다운 배경

내가 새였을 때
너는 나무가 되고,

내가 풀이었을 때
너는 바람이 되고,

내가 뿌리였을 때
너는 흙이 되고,

내가 구름이었을 때
너는 하늘이 되거라.

내 몸 기댈
하늘의 속살이 되거라.

상수리나무 숲

상수리나무 숲에 꾀꼬리 운다.
꾀꼬리 울음 한 번에
상수리나무 새잎은 또 한 번씩
배때기를 뒤집으며
반짝인다.

아씨야,
상수리나무 숲에 꾀꼬리 울 때
너의 눈빛은 또 한 번씩 맑아지고
너의 머리칼은 또 한 번씩 검게 빛난다.

오라 아씨야,
튼튼한 상수리나무 숲으로
상수리나무 숲에 와서 우리도
새로 상수리나무에 솟아나는
하나씩의 새잎이 되자.
상수리나무 새잎을 반짝이게 하는
꾀꼬리 울음 소리가 되자.

문을 닫으며

너 보고픈 날은
바람이 불고
나뭇잎이 바람에 날린다.
먼지가 바람에 날린다.

너 보고픈 생각 때문에
바람은 불고
산은 푸르고
햇빛은 밝고
하늘 또한 끝없이
높다 해 두자.
먼지 또한 날린다 해 두자.

너 보고픈 날은
창문을 닫고
안으로 고리를 잠그기로 한다.

녹음 계절

녹음 우거질 때
우는 뻐꾸기.
뻐꾸기 울음 울 때
우거지는 녹음.

녹음 우거져
뻐꾸기 우는 건가,
뻐꾸기 울어
녹음 우거지는 건가,

내 마음속 녹음에
와서 우는 너는
나의 뻐꾸기.

저만큼

오늘은 네가 나뭇잎새 푸른
나뭇가지 사이로 혼자 걸어가는 것을 보았다.
친구도 없이
책을 옆에 끼고
길바닥을 바라보며
혼자서 걸어가는 것을 보았다.
무슨 생각을 저리 골똘히 하는 걸까?

나는 따라가 네 이름을 부르고 싶었다.
네가 무슨 생각을 하고 있는지 알아보고 싶었다.
그러나 내가 망설이는 사이 너는
너무나 멀리 사라져 버렸다.

너는 외로운
새끼새,
산길에 구름 바라 선
아기 사슴.

꿈꾸노니

외롭다고 생각할 때일수록
혼자이기를,

말하고 싶은 말이 많은 때일수록
말을 삼가기를,

울고 싶은 생각이 깊을수록
울음을 안으로 곱게 삭이기를,

꿈꾸고 꿈꾸노니—

많은 사람들로부터 빠져나와
키 큰 미루나무 옆에 서 보고
혼자 고개 숙여 산길을 걷게 하소서.

날리는 마음

밤사이 보얗게
모가지가 길어진 보리밭,
보리밭 위로
바람이 실린다.
옷자락이 실린다.

지금 어디쯤
나를 찾아서
달려오고 있을 너,

붉어진 볼
뛰는 가슴
목을 휘감는 머리칼.

'선생님,
전 말이에요
포플러 이파리들처럼
그런 웃음을 가지고 살고 싶어요.'

'선생님,

전 말이에요
연둣빛 사랑을 하면서
그렇게 살고 싶어요.’

얇은 머플러가
바람에 날린다.
네 마음이
바람에 날린다.

너를 향하여

오늘도 나는
네가 지나가는 것을 보기 위하여
창문을 열고
창가에 앉아
웃고 있다.

너보고 보아달라는 듯이.
너보고 보아달라는 듯이.

기다려다오

댓잎 스적이는
푸른 소리의 층계,
층계를
톺아오르면
고래등같은
기와집,
열두 대문
빗장 지르고
초록저고리
다홍치마
새색시 되어
너는 기다려 있다.
초록빛 눈썹
길러 가진
새색시 되어
나를 기다려 있다.

안경알 너머

네 눈은 호동그란
안경알 너머
조그만 호수.

우리가 가보지 못한
알프스, 만년설의
봉우리가 잠기고
이층집 발코니의 붉은
꽃 그림자가 잠기고
남프랑스
지중해의 붉은 노을이
타오른다.

네 눈은 호동그란
안경알 너머
조그만 호수.

하얀 새떼들
무리지어 날아와
몸을 씻고
발을 씻는다.

해마다 오는 봄

해마다 다시 오는 봄이라지만
봄은 해마다 다시 오는 것이 아니라,
봄은 해마다 새로이 찾아오는
최초의 봄인 것이다.

깊은 죽음의 샘물 속에 빠졌다가 살아나서
부르르 부르르 몸을 떨며 오는
저 봄 나무들을 보라.
새로운 비늘로 새옷 해 입고 나오는
저 봄풀들을 보라.

아, 가슴 떨리는
아, 눈썹 떨리는
배암, 꽃배암의 눈뜨는 소리,
개구리들의 가만한 숨소리,
순정의 깃발 나부끼는 꽃들을 보라.

누군가 봄을
해마다 오는 똑같은 봄이라고 말하고
낡은 봄이라고 말했다면

그 사람의 봄만이 해마다 오는 똑같은 봄일 뿐이다.

그 사람의 봄만이 낡아빠진 봄일 뿐이다.

말을 배우다

'그리움'이란 말,
'사랑'이란 말들은
지구 위에 살다간 수많은 사람들이
한 번씩 두 번씩 입었다가 벗어던진
낡은 옷.
그러나 맨 처음
그리움에 눈트는 소녀와
사랑에 주눅들어가는 소년에게라면
'그리움'과 '사랑'이란 말은 얼마나
가슴 벅찬 단어들일 것인가!
손닿을 수 없이 머나먼 무지개들일 것인가!
누구나 맨 처음 해 보게 마련인 첫사랑이란 거.
누구나 맨 처음 타 보게 마련인 인생이란 열차.

너를 보았다

오늘도 나는 너를 보았다.
여적 한 번도 보지 못한 어깨걸이
빨강색 가방을 메고
걸어가는 너를 보았다.
무슨 즐거운 일이 있는지
친구와 웃으며 너는 걸어가고 있었다.
너를 보았으므로 오늘 하루도
나에겐 뜻 깊고 보람 있는 하루가 될 것이다.
오늘밤 꿈속에서 나는 또 너를
너도 모르게 만날 것이다.

기다림

먼지 날리는 창가에서
나는
가뭄 만난 지구.
목 타는 나무.
내가 그 애를 이토록
보고 싶어 하는데
그 애는 어찌
이토록 아니 온담?
그 애가 오면
손을 쥐어주리라,
아프다고 말할 때까지
그 애의 손에서
예쁜 꽃물이라도
스밀 때까지.

빈손

무엇을 또 너에게 줄까?
생각해 본다.
너에게 줄 것이 또 없을까?
생각해 본다.

내가 가진 가장
소중한 것을 주고 싶은 마음이 있다.
빛나는 것을 주고 싶은 마음이 있다.
아름다운 것을 주고 싶은 마음이 있다.

아, 그러나 나는 이미
가장 소중한 것,
가장 빛나는 것,
가장 아름다운 것을
너 아닌 딴 사람에게 주어 버렸으니
이를 어쩌리…….

네 앞에서

나는 네 앞에서 조바심난다,
네가 너무나 예쁘므로.

나는 네 앞에서 슬퍼진다,
내 마음이 자주 흔들리므로.

나는 너를 만나게 된 것을 후회한다,
너는 기쁨도 가져왔지만
기쁨의 크기보다 더 큰 고통을 가져왔으므로.

너와 함께 있을 땐 빨리 헤어지고 싶고
헤어지고 나서는 보고 싶어 가슴 조여지는
나의 마음을 나도 모른다.

너의 총명함을 사랑한다

너의 총명함을 사랑한다.
너의 젊음을 사랑한다.
너의 아름다움을 사랑한다.
너의 깨끗함을 사랑한다.
너의 꾸밈없음과
꿈 많음을 사랑한다.

너의 이기심도 사랑해 주기로 한다.
너의 경솔함도 사랑해 주기로 한다.
그리고 너의 유약함도 사랑해 주기로 한다.
너의 턱없는 허영과
오만도 사랑하기로 한다.

비 오는 날

비가 오거든
비를 맞으며 오너라.
바람이 불거든
바람을 가르며 오너라.

푸르고 맑은 눈을 가진 비,
초록빛 머리칼 휘감는 바람,
차라리 비 되어 바람 되어
오너라.

춤추며 춤을 추며
비를 맞는
다북쑥이고 싶다, 나는.
촛불 휘듯 몸을 휘는
바람 속의
키 큰 미루나무이고 싶다, 나는.

떠남을 위하여

떠나야 할 때를 안다는 것은
슬픈 일이다.
잊어야 할 때를 안다는 것은
슬픈 일이다.
내가 나를 안다는 것은 더욱
슬픈 일이다.

우리는 잠시 세상에
머물다 가는 사람들.
네가 보고 있는 것은
나의 흰 구름.
내가 보고 있는 것은
너의 흰 구름.

누군가 개구쟁이 화가가 있어
우리를 붓으로 말끔히 지운 뒤
엉뚱한 곳에 다시 말끔히 그려 넣어 줄 수는
없는 일일까?

떠나야 할 사람을 떠나보내지 못하는 것은

안타까운 일이다.
잊어야 할 사람을 잊지 못하는 것은
안타까운 일이다.
그러한 나를 내가 안다는 것은 더더욱
안타까운 일이다.

마음을 열지 않으면

내가 마음을 열지 않으면
흰 구름도 흰 구름이 아니요
꽃도 꽃이 아니다.

내가 마음을 비우지 않으면
새소리도 새소리가 아니요
푸른 하늘도 푸른 하늘이 아니다.

내가 인정하지 않는 한
한 폭의 아름다운 그림 같은
강물도 결코 그림이 될 수 없으며
사랑하는 사람도
사랑하는 사람이 될 수 없다.

용납하옵소서

제가 사랑하는 자는
지극히 아름다우며 귀한 자이오니
그가 가는 길에
저로 하여 덫이 되지 않게 하옵소서.

제가 사랑하는 자가 가는 길은
지극히 빛나며 밝고 아름다운 길이오니
저로 하여 그가 주저하지 말게 하옵소서.

제가 지극히 사랑하는 자가
빛나고 밝은 길, 아름다운 길을 가는 것을
저는 지극히 사랑하는 마음, 축복하는 마음으로
바라보기만 바랄 따름이오니
용납하옵소서.
용납하옵소서.

연사흘

비에 갇힌 연사흘
그림자 없는 날들을
나는
네가 준 빛으로 하여
네가 준 기쁨으로 하여
길을 가다가도
우산 아래서
비 맞고 서 있는
산을 보며 나무를 보며
피잉, 눈물이 돌고
교회에 가 찬송가를
부르다가도
피잉, 눈물이 돌고
담 너머 피아노 소리를 듣다가도
피잉, 까닭 없는
눈물이 돌고……
비에 갇힌 연사흘
그림자 없는 날들을
나는
네가 준 불꽃으로 하여
네가 준 믿음으로 하여…….

바람이 분다

내 마음은 버들잎인가,
오늘은 바람이 많이 불고
내 마음은 바람 따라 떨고 있다.

뉘라서 흐르는 바람을 잡을 수 있고
뉘라서 사랑하는 마음을 볼 수 있으며
뉘라서 변하는 마음을 막을 수 있으랴.

오늘, 그리운 너 멀리 있기에
더욱 그리웁고
어리석은 나, 마음을 붙잡을 수 없어
너 보고픈 생각의 노예가 된다.

내 마음은 바람개빈가,
오늘은 바람이 많이 불고
내 마음은 바람 따라 돌고 있다.

상록원

유난히 키가 큰 비가 내렸다,
키 작은 그 애를 위하여.

유난히 눈이 하얀 비가 내렸다,
눈이 까만 그 애를 위하여.

산장山莊,
사방이 유리창으로 싸여 있는 집,
유리창으로 담쟁이덩굴이 기웃거리는
집에서.

비가 되었다.
담쟁이덩굴이 되었다.
음악 뒤에 몸과 마음을 숨겼다.

비어 있는 의자,
그 애가 보이지 않아서
갑자기 나는 불안해졌다.

'선생님,

뭘 두리번거리시는 거예요?'

비 속에서 웃고 있었구나.
담쟁이덩굴 속에서 웃고 있었구나.
음악 속에서 웃고 있었구나.

사뿐,
그 애는 의자에 돌아와 앉는다.

빗소리

홈통에 내리는 물방울 소리 하나에도
풀밭에 이는 여린 바람 하나에도
상처를 받으며
깊게 상처를 받으며
나는 그렇게 살아 있고 싶었다.
어쩌면,
홈통에 내리는 물방울 소리가 되어
풀밭에 이는 여린 바람이 되어
또는,
아침 풀밭에 갓 피어난 장미꽃
그 조찰하게 흔들리는 미소가 되어
나는 그렇게 살아 있고 싶었다.

상록원에서

비 오는 날이면 우산을 받고
음악을 들으러 간다.

비 오는 날이면 하얀 옷을 입고 나오는
마담이 있는 찻집, '초당草堂'

음악은 푸치니의 가극
'나비부인' 중에서 '어떤 개인 날'

햇빛 찬란히 부서져오는
항구가 그리워 바다가 그리워

오다가 한참씩 나무 아래 서서
우산에 떨어지는 빗방울 소리도 듣다가 온다.

너를 두고

짓다 말다
제비집.

허물다 말다
제비집.

수삼일數三日을
두고두고

가다 말다
네게로.

깊은 밤

깊은 밤 책을 읽다가
눈을 감으면
네 얼굴이 떠오른다.
네 맑은 눈매가
네 깨끗한 목소리가 떠오른다.

우리는 어느 별에서 만났기에
이토록 사랑하는 겁니까?
우리는 어느 별에서 헤어졌기에
이토록 그리워하는 겁니까?*

네 얼굴과
네 눈매와
네 목소리를 떠올리면 나는
입술에 침이 마르고
불에 데인 듯 입 속이 화끈거리고
목이 말라진다.

그렇다⋯⋯
우리는 어느 별에서 만났고

어느 별에서 헤어졌기에
내가 너를 좋아한다는 이 말조차 나는 못하고
너를 좋아하고
네가 나를 좋아한다는 그 말조차 너는 못하고
나를 좋아하는 거냐!

* 정호승 시인의 시 「우리가 어느 별에서」에 "우리가 어느 별에서 만났기에/ 이토록 서로 그리
  워하느냐"란 구절이 있음.

네 앞에서

나는 네 앞에서
턱없이 나이도 잊고
수줍어하는 소년.
얼굴 붉히며
말을 더듬는 소년.

무슨 말을 먼저 해야 좋을지?

그러나 너는
내가 말하기도 전에
내 말을 잘도 알아듣는다.

쓸쓸한 마음

찬비 맞아
수묵색水墨色 치는
산의 눈썹
살눈썹
내리깔고
어디를 가시나이까?
마음이 외로워
쉽게 쉽게
어두워지는
산,
마음이 쓸쓸할 때 보는 산은
저도 쓸쓸한 산이다.

인생

세상은 누구에게나
한참씩의 춤마당.

술에 취해서
돈과 여자에 취해서
더러는 제 향기에 제가 취해서
맴돌다 가는
회전목마.

누구는 한 세상을 살고 나서
세상이 즐거웠다고 말하고
누구는 서러웠다고 말하고
누구는 흥겨웠다고
또 누구는 억울했다고 말한다.

같은 세상을 살다 가면서
사람마다 답이 다른 건 왤까?
나는 이담에 무어라고 말하며
세상을 뜨게 될까?

>

마지막 해답을 내기 위해서 산다.
마지막 남길 말 한마디를 얻기 위해서 산다.
마지막 남길 말 한 마디가 준비되면
망설이지 말고 세상을 뜨기로 한다.

대숲 앞에

비린
죽순도 자라면
대숲이 된다.

바람이 와서
집을 짓기도 하고
산새들이 와서
놀기도 하는 대숲.
폭풍에도
꺾이지 않을 튼튼한 대숲.

아,
나도 너에게
튼튼한 대숲이 되어 주고 싶다.
네가 와서 쉬어갈
정다운 대숲이 되어 주고 싶다.

보고 싶다

보고 싶다,
너를 보고 싶다는 생각이
가슴에 차고 가득 차면 문득
너는 내 앞에 나타나고.
어둠 속에 촛불 켜지듯
너는 내 앞에 나와서 웃고.

보고 싶었다,
너를 보고 싶었다는 말이
입에 차고 가득 차면 문득
너는 나무 아래서 나를 기다린다.
내가 지나는 길목에서
풀잎 되어 햇빛 되어 나를 기다린다.

일락산 좋은날

사람들이
그렇게 많았는데도
사람들이 전혀
보이지 않았던 것은 웬일일까?

사람들이
그렇게 많이 모여 떠들고 있었는데도
사람들의 목소리가 전혀
들리지 않았던 것은 웬일일까?

왕자같이 우거진
일락산 기슭의 아카시아 꽃 숲이
하이얀 웃음을 퍼부어
보내고 있었기 때문이 아니었을까……

구름의 궁전같이 우거진
일락산 기슭의 아카시아꽃들이
붕어 새끼들처럼 일제히 입을 벌려
하얀 소리를 퍼부어
보내고 있었기 때문이 아니었을까……

\>

꽃들의 웃음이
사람들의 웃음보다 더 향기롭다는 것을,
꽃들의 노랫소리가
사람들의 노랫소리보다 더 크다는 것을,
나는 오늘 일락산 기슭에 피어 있는
아카시아 꽃을 보고 알았다.

푸른 산

푸른 산이
너보다
더 예뻐 보이는
날이 있었다.

푸른 산이
토해 놓는
푸른 숨소리,

받아 마시고
또 마시면
나도 조그만
산이 되지나 않을까?

푸른 산과
하루 종일
마주 서서
눈썹을 맞추고 싶은 날이
내게 있었다.

그리움

가보지 못한 골목들을
그리워하면서 산다.

알지 못한 꽃밭,
꽃밭의 예쁜 꽃들을
꿈꾸면서 산다.

세상 어디엔가
우리가 아직 가보지 못한 골목길과
우리가 아직 알지 못하던 꽃밭이
숨어 있다는 것은
그것만으로도 얼마나
희망적인 일이겠니!

만나지 못했던 사람들을
만나기 위해서 산다.

세상 어디엔가
우리가 아직 만나지 못한 사람들이
살고 있다는 것은

그것만으로도 얼마나
가슴 두근거려지는 일이겠니!

자연

그리운 마음이라면
산도 풀도 나무도
그리운 손이 되어 한사코
나를 불러 세우고,

외로운 마음이라면
새도 바람도 개울도
외로운 소리 되어 한사코
나를 돌아 흐른다.

너에게

꾀꼬린
금종을

뻐꾸긴
은종을

흔드는
새아침.

나또한
너에게

금종과
은종을

흔들어
보내리.

끝인사

떠나는 자는 말이 없습니다.
그건 너의 말이다.
사랑하는 자는 말이 없습니다.
이건 나의 말이다.

조그만 사랑이여

노래여
조그만 사랑이여

너는 무엇이
되고 싶은가?

너는 무엇을
갖고 싶은가?

하늘 나는
새인가,

들에
풀인가,

깜깜한 시골
초저녁 별빛인가,

노래여
사랑이여
조그만 사랑이여.

2부

구름이여 꿈꾸는 구름이여

생각의 차이

너랑
꽃밭의 꽃을 바라보고 있었다.
나는 꽃을 꺾지 말고 그냥
꽃나무인 채 바라보자고 했고
너는 꽃을 꺾어다 꽃병에 꽂아 놓아두고
보자고 했다.

아무리 꺾어도 꽃은
새로이 피어오르기 마련이니까
꺾어도 된다는 것이 너의 지론이고
그렇더라도 꽃은 꺾지 말고 그냥
꽃나무인 채로 보는 것이 더 좋다는 것이
나의 지론이다.

이 두 생각의 차이,
세상을 바라보는
이 두 입장의 차이,
너와 나와의 사이에 언제나 이만큼
좁혀지지 않는
이 두 생각의 차이는

어디서부터 오는 것일까?

허기사, 세상은 그래서
네게나 내게나
또 한 번 비늘 반짝이고
새로운 세상으로 보이는지
모를 일이다.

너 없는 날

사람 마음은 참 간사스럽기도 하지.
네가 없기에
쓸쓸한 거리.
쓸쓸한 햇빛.
심심하게 소리, 소리 지르며
흐르는 제민천 물소리.

사람 마음은 참 가볍기도 하지.
네가 길 뜬 지 이삼 일
벌써 너 사는 곳으로
흐르는 구름,
바람 맞아 한 곳으로 쏠리는
일락산 나뭇잎새들.

때 없이

때 없이
생겨났다 죽어 가는 한 송이 꽃의
전 과정을 생각한다.

약속도 없이
가까이 왔다가 멀어져 가는 아름다운 한 사람의
맑은 숨소리를 생각한다.

무엇으로 찬미해야
죽어 가는 꽃의 아름다움과 슬픔과 아픔을
다 노래할 수 있으랴.

아, 무슨 말로 어느 나라의 문법으로
기도드려야
떠나가는 사람에게
편안하고 아주 편안한
안식을 줄 수 있으랴.

때 없이
생겨났다 죽어 가는 한 송이 흰 구름의

전 과정을 생각한다.

저 좋을 때 왔다가
저 좋을 때 산새 되어 떠나가는 눈이 맑은
한 사람의 가인佳人을 생각한다.

비 그치고

비 그친 뒤 숲에서 오는 바람.
나뭇잎새에 부서지는 바람 소리.
어디선가 서툰 피아노 소리.
스무 살 미만 여자의 노래 소리.
차가뜸한 열 시에서 열한 시 사이.
빨간 지붕 이층집이 있는 거리.
물이 고여 있는 길바닥.

너를 생각하며 키 큰
미루나무 아래 서 있었다.
하늘에는 비구름이
말 달리고 있었다.

노래는 멀리서 듣는 것이 아름답다.
풍경은 멀리서 바라보는 것이 아름답다.
꿈꾸기는 멀리서 하는 것이 아름답다.
남프랑스나 지중해,
혹은 스위스.
그러나 사랑은
가까이서 하는 것이 아름답다.

새 대숲에

새 대숲에
이는 바람
연둣빛
바람
살살
네 귀밑머리
몇 가닥
날리게 하고
네 블라우스 깃
살살
숨 쉬게 하고
네 불 밝힌
웃음도
몇 접시
실어오는가?
새 대숲에
드는 햇볕
그늘 반
눈물 반
여린
새 햇볕.

꽃이 되고자

내가 여기 있어
꽃이 피는 것이 아니라
꽃이 거기 피어 있어
내가 간다.
꽃을 보러
꽃의 숨소리에 맞춰
내 숨소리 고르기 위하여
꽃한테로 간다.
그래서 나도
꽃이 되고자 한다.
화단이나 꽃병
혹은 화분에 얌전히
피어 있는 꽃이 아니라
여기, 혹은 저기,
아무 뜻 없이
무작위無作爲로 피어 있는
그런 꽃이 되고자 한다.

가을을 기다림

가을이 오면
기다리던 사람이 올 것이다.
그러한 생각으로
가을을 기다려 본다.

어쩌면 사람과 계절이 이토록
잘 어울릴 수 있을까……
낙엽과 쓸쓸한 바람과 푸른 하늘을 데리고
오는 사람,
내가 기다리는 사람을
따라오는 가을.

가을은 내 기다림에 의해 빛이 나고
내가 기다리는 사람은 가을에 의해 물이 든다.

봉숭아

봉숭아야
봉숭아야
더위를 이기고
땡볕을 이기고

천둥 우는 밤
번개 치는 밤
무서움을 이기고
살아 있는 목숨의 지겨움을 이기고

고운 숨결 한 가지로
맑은 눈매 한 가지로
곱게 꽃을 피워서

가을이 오면 너는
예쁘고 작은
씨앗을 맺겠지.

익은 씨앗을
노을 속에 손을 흔들며

서역西域으론 듯 파촉巴蜀으론 듯
날려 보내겠지.

봉숭아야
봉숭아야
나도 너를 기르며
가을이 오면
조그만 씨앗으로 여물고 싶다.

가는 여름

은은히
아주 은은히
마른 우레를 부르며
마른번개를 부르며

가을은
성글어진 눈썹 그늘
누군가의 맑은 눈에 고인 눈물

사이로
사이로

우리 집 감나무의 감 알을
익후면서
더러는 물러 땅에
떨어지게 하면서

지난여름
우리들의 만남은 운명이었다고
말해 주십시오.

우리들의 사랑은 아름다웠다고
말해 주십시오.

가을은
곱게 늙은 아낙네
얼굴에
가늘은 주름살
사이로
사이로

이제
하얗게 늙은 마음이 되어
작별을 지어야 할 순간,

우리들의 여름은
순결했다고
기억해 주십시오.

세상 떠날 때

올 때
인사 없이 왔으니
갈 때도
인사 없이 가리.

그만 살고 오너라
부르시면
마다할 수도 없어
풀어 놓은 보따리
간추릴 사이도 없이
길을 떠야 하리.

내, 세상에서
제일 귀히 여기던 사람
네게조차 인사 없이
나 먼저 가노라 말도 이루지 못하고
떠나게 된다면 어쩌나?

그런대도 어쩌는 수 없으리.
오라시면 마다하지 말고
길 뜰 수밖에는.

안쓰러움

손이라도 잡아줄 걸
그랬다.

만나지 못하던 그동안
더욱 하얘진 얼굴
가늘어진 모가지

밥맛이 없어 내내
밥을 먹지 못했다
한다.
까닭 없이 잠도 설쳤다
한다.

다그쳐 물어보지 않았지만
그게 나로 하여 비롯되었다면
어쩌나,
어쩌나,

나는 너에게 아무것도
줄 것이 없는데

네가 갖고 싶어하는 아무것도
나는 갖고 있지 않는데
어쩌나,
어쩌나,

손이라도 잡아줄 걸
그랬다.

자유

내가 너를 위해 할 수 있는 것은
네가 내게로 오겠다고 말할 때
그러라고 하고
네가 나를 떠나겠다고 말할 때
또한 그러라고 말하는 것뿐이다.

내 뜻으로서가 아니라
네 뜻으로 선택하도록
자유를 주는 일뿐이다.

우울

쓸쓸한 생각이 들 때만 오너라.
섭섭한 생각이 들 때만 오너라.
억울한 생각이 들 때만 오너라.

즐거운 일이 있을 땔랑은
너의 친구들과 함께 있다가,
신나는 일이 있을 땔랑은
너의 애인들이랑 함께 있다가,

배반당했다고 생각할 때만 오너라.
버림받았다고 생각할 때만 오너라.
하고 싶은 말이 가슴에 고이거든 오너라.

가을의 기도 · 1

주님, 저는 더 이상 많은 사람들을
알기를 바라지 않나이다.

지금까지 제가 알고 있던 사람들 가운데
저로 하여 상처를 받은 사람이
없었는지 그것만이 염려되오니,
저로 하여 그들의 슬픔과 미움의 빌미가
되지 않았는지 그것만이 염려되오니,

주님, 저는 더 이상 사랑하는 사람을
갖기를 바라지 않나이다.

지금까지 제가 사랑한다고 말했던
사람에게조차 저는 껍데기 사랑만을
베풀지 않았는지
사랑한다는 핑계로 그들에게
제 고집스러움과 괴로움만을 선사하지 않았는지
그것만이 후회되오니,

주님, 저로 하여 더 이상 많은 사람들을

알지 않게 하소서.

주님, 저로 하여 더 이상 사랑하는 사람을

갖지 말게 하소서.

청년 예수

갈릴리 호반
부드러운 풀밭을
맨발로 거닐던
청년 예수,
그분의 맨발에 밟히던 풀잎
그분의 푸른 눈에 비친
갈릴리 호반의 맑은 물
하늘의 흰 구름
하늘로 쏟쳐 오르던 날새의 날카로운 비상.

나로 하여
그분의 맨발에 밟히는
여린 풀잎이게 하소서.
나로 하여
그분의 푸른 눈에 비쳐진
갈릴리 호수의 맑은 물
노니는 조그만 한 마리
민물고기이게 하소서.

오래간만에

오래간만에 너를 만났다.
물소리 들리는 개울가
나무그늘 아래서.

헤어지고 나서도 나는
너에 대해서 아무것도
생각나는 것이 없었다.
아무것도
기억하고 있는 것이 없었다.

네가 무슨 옷을 입고 있었는지
네 머리 스타일이 어떠했고
네가 무슨 신을 신고 있었는지
전연 그런 것들을
생각해 낼 수 없었다.

다만
두 눈이 화안했을 뿐이었다.
다만
가슴이 떨려왔을 뿐이었다.

편지 받고

청룡기
봉황기
터져 나오는 함성,
함성,

나는 야구를 모르지만
야구를 좋아하지 않지만
라디오에서 터져 나오는
환호 소리를 들으면

저 환호 소리 속에
네 목소리도 들어 있겠지.
네 숨소리도 네 눈빛도
섞어 빛나겠지.

'그 기분 아세요? 선생님.
방망이에 공이 부딪히는 경쾌한 소리,
은빛 포물선,
열광하는 젊은 함성, 정말
사는 것 같애요.'

\>

　세상 어디엔가 내가 모르는 기쁨이
이토록 은밀히 숨어 빛나고 있었구나.
풀잎에 바람 살아 떨 듯이
풀잎 끝 이슬 밭에 햇살 살아 빛나듯이
내가 까마득 모르던 목숨의 기쁨을
너로 하여 내가 알게 되는구나.

전해다오

마지막 얘길랑 하지 말기로 하자.
마지막 노랠랑 부르지 말기로 하자.
뒷얘길랑 듣지 말기로 하자.

다만 바다엔 하얀 돛단배가 떠 있고
하늘엔 구름이 가고 있고
들판엔 아름다운 꽃들이 피어 있었다고만
알아다오.

이름을 부를 수 없는
이름을 지을 수도 없는
무명의 꽃들이
꿈결 속인 양, 꿈결 속인 양, 피어 있었다고만
전해다오. 전해다오.

종이학

네가 접어 준
두 마리의 종이학,
한 마리는 모가지 길쑥하고
한 마리는 모가지 삐뚜름한
종이학,

그놈들을 책상 위에 놓아 두고 나는
모가지 길쑥한 놈을
너라고 생각하고
모가지 삐뚜름한 놈을
나라고 생각해 본다.

'어려서 엄마는 종이학을 많이 접어 주셨어요.
숙제를 마친 오후나 일요일 같은 때 엄마는
햇빛 밝은 마루 끝에 저를 데리고 앉아
착한 딸 되라고 착한 아이 되라고

수없이 많은 종이학을 접어 주셨어요.
종이학을 천 마리만 접으면 좋은 일이
세상의 좋은 일이 생긴다는 것이

엄마의 믿음이셨구요.'

네가 접어 준
두 마리의 종이학,
그놈들을 책상 위에 놓아 두고
내게도 무슨 좋은 일이 있으려나……
(그럴 리야 없겠지만)
네 생각나면 눈길 오다가다
너를 보듯 유심히
종이학을 바라본다.

내 것일 수 있느니

도둑놈의 심보가 아니라도
피는 꽃 지는 꽃과
눈만 잘 맞출 수만 있다면
남의 집 울안에 피어 있는 꽃들도
주인보다 먼저 내가 우선적으로
주인이 될 수 있는 일이요,

마음먹기 따라서는
산의 푸르름이며 하늘 푸르름
나무며 풀꽃들이며 흰 구름이며 바람이
온전히 내 것일 수 있고
바위며 개울물 또한 내 것일 수 있느니,

굳이
내 뜨락에 꽃나무를
사다 심어 놓을 것이 무어며
바위며 나무며 개울물 소리를
옮겨다 놓을 까닭이 무엇이랴.

도둑놈의 배짱이 아니라도

마음먹기 따라서는

해와

달과

밤하늘

별들의 운행運行까지가

온전히 내 것일 수 있느니……

그들의 주인일 수 있느니…….

가슴을 비우겠습니다

다만 가슴을 비우겠습니다.
아무것도 바라지 않고
아무것도 꿈꾸지 않겠습니다.
아무것도 바라지 않는 것이 저의 기도입니다.
아무것도 기도드리지 않는 것이 저의 기도입니다.
다만, 부끄러운 손을 잊고자
부끄러운 기억과 부끄러운 생각들을 버리고자
여기 이렇게 머리 숙였나이다.

나의 본적

저는 본래
한 포기 풀이었고
한 그루 나무였고
한 송이 흰 구름이었고
한 줄기 물소리,
아니면 한 줌의 흙이었습니다.
끝내 집 없는 바람의 넋이었습니다.

그러던 제가 어찌하여
사람의 눈을 뜨고 여기 이렇게
부신 햇빛을 보고
별빛을 우럴고 있는지
저는 모르옵니다.
어찌하여 제가 살아서 숨을 쉬며
사람의 가슴으로
슬픔과 기쁨을 느끼는지
그것도 모르옵니다.

그러나 단 한 가지 분명한 것은
머지않은 앞날에 다시 저는

이 나라의 나무가 되고
이 나라의 풀이 되고
이 나라의 하늘과 땅을 흐르는
한 송이 흰 구름, 한 줄기 물소리가
될 것이라는 사실입니다.
두엄자리의 썩은 한 줌의 흙이 될 것이며
집 없는 바람의 넋으로 떠돌아야 한다는
어길 수 없는 예약, 그것입니다.

공짜와 덤

저는 공짜를 좋아합니다.
누구보다 덤으로 받는 그 무엇을 좋아합니다.
저의 몸도 공짜요
저의 나라와 가정과 저의 이웃과 고향 또한
공짜로 얻은 것들뿐입니다.
생각해 보십시오.
그들을 모두 정당한 값을 주고 산다고 하면
얼마나 엄청난 값이 들 것인가를……
(사실 그들은 어떤 값을 지불하고도 살 수 없는 것들이지만)
우리 집 작두샘물에서 무진장 퍼내지는
맑고 찬 물만 해도 그렇습니다.
그걸 정당한 값을 주고 산다면 얼마나
엄청난 값을 치러야 할는지요……
저는 공짜를 좋아합니다.
그리고 덤으로 받는 그 무엇을 좋아합니다.
제가 숨쉬는 맑은 공기,
제가 바라보는 푸른 하늘이며 보리밭,
귀에 들어오는 물소리며 새소리,
맨발에 밟히는

풀밭의 부드러운 풀잎의 숨결들······
이것들은 온전히 제게 있어서 공짜요,
저의 삶과 더불어 받은 덤입니다.
이런 생각을 하며 혼자 미소로와 하는 것 또한
공짜와 덤으로 받은 한 기쁨입니다.
그렇습니다.
저는 공짜와 덤을 누구보다도 좋아합니다.

또다시 편지

미루나무 꼭대기에 태양이 끓고
매미 소리 눈부신 여름 한철을 어쩌면 나는
네 편지를 기다리는 마음 하나로 살았는지 모른다.
가슴속에 더 뜨거운 기다림이 있었기에
덥지 않게 여름 한철을 견뎠는지 모른다.

'서울 와서의 일주일
보고 싶은 사람들도 만나고
가고픈 골목도 거닐어 보고,
고등학교 다닐 때는요,
교실 창밖으로 내어다본 남산의 하얀 길모퉁이,
해가 있는 오후엔 차들이 창에 햇살을 받아 달리는 것이
마치 보석들이 굴러 떨어지는 듯싶었거든요.
예전엔 야외전시장으로도 쓰던 길이에요.
그 길 꼭대기엔 종각이 있었어요.
초등학교 다닐 적 외삼촌과 함께 손 붙들고 걷기도 한 길,
삼촌이 그때 '사우' 노래를 가르쳐 줬어요.
보고 싶은 얼굴 보면 다 될 줄 알았는데
보고 싶은 얼굴이 또 생기겠죠?
사람은 그렇게 사는 건가 봐요.

비단 같은 금강도 보고 싶구요.

미루나무들도 보고 싶어요.

저는 요즘 계속 집에만 있거든요.

집에서 반성하고 있어요.

겸손치 못한 제 자신에 대해서요.

공주에 있을 땐 내가 속해 있었고

나와 관련이 있었던 서울은

제대로 움직이지 않을 것 같았어요.

그치만 친구는 친구대로 공기는 공기대로 별은 별대로

약간의 아쉬움, 그리움만 간직한 채

여전히 싱싱하게, 밝게 빛나더군요.

서울로 향하는 차 속에서도 여전히

저는 교만을 떨었어요.

제가 없는 공주는 조금은 김이 빠질 거라구요.

그치만 그럴 리 없겠죠?

제가 없어도 수천 년 살아오던 공주고 서울인 걸요.

선생님, 제가 서울 오기 전날 은하수를 봤거든요.

그런데 엊그제는 마루에 누웠는데 보름달이 떴어요.

은하수를 봤을 때도, 달을 봤을 때도,

눈물이 나오겠지요?

선생님,

저도 선생님께 뭔가를 자꾸자꾸 드렸으면 좋겠는데

항상 저는 받기만 하지요.

선생님, 저 지금 웃고 싶어요.

전 미안할 때, 할 말이 없을 때,

그럴 땐 그냥 웃어 버리거든요.

참, 저

모레 저녁 음악회 초대를 받았어요.

선생님,

더운 여름 건강히 지내세요.'

흰 구름 보며

흰 구름은 쉬이 사라지기에 아름답다.
흰 구름은 형체가 없기에 아름답다.
흰 구름은 항상 흘러가기에 아름답다.

보라!
떨고 있는 흰 구름의 속살
숨 쉬고 있는 흰 구름의 허파
흰 구름의 속살은 무엇을 떨고 있는가?
흰 구름의 허파는 무엇을 숨 쉬고 있는가?

내 앞에 있는 너도 언젠가는
쉬이 사라질 흰 구름이기에 소중스럽다.
언젠가는 낯선 사람의 얼굴이 될 것이기에
소중스럽다.
언젠가는 떠나갈 웃음이요, 잊혀질 표정이기에
소중스럽다.

내 가슴속에

네가 내 가슴속에 살고 있을 때까지
노래하겠네.

네가 내 가슴속에 숨쉬고 있을 때까지
기뻐하겠네.

네가 내 가슴속을 떠나간 뒤에도 나는
노래하며 기뻐하겠네.

네가 내 가슴속에 살고 있었다지만 실상 너는
내 가슴속에서 살고 있었던 것이 아니요,

네가 내 가슴속을 떠나갔다지만 실상 너는
내 가슴속을 떠난 것이 아니기 때문이네.

가을 흰 구름

매미 소리
스민
흰 구름,

살랑대는
수초 사이
붕어 지느러미
숨어 있는
저기 저
흰 구름.

아,
언제나
이마 위
너의
숨소리.

아름다운 생각

내가 자꾸만 아름다운 생각
즐거운 생각
맑고 고운 생각을 하면 할수록
세상도 따라서 아름답고 즐겁고
맑고 고운 세상이 되는 것이 아닐는지⋯⋯

나의 생각들이
빛이 되고 노래가 되어서.

내가 자꾸만 어두운 생각
나쁜 생각
슬프고 아픈 생각을 하면 할수록
세상도 따라서 어둡고 나쁘고
슬프고 아픈 세상이 되는 것이나 아닐는지⋯⋯

나의 생각들이
덫이 되고 어둠이 되어서.

세상 한 복판

가장자리가 아니라
한가운데,
아이들 떠들기도 하고
싸우며 울기도 하는
한가운데.

산들바람 부는
풀밭이 아니라
먼지 날리는
저자 한복판,

거기가 나 있을 자리다.
거기가 나 편안히 아주 편안히
눈뜨고 길이 잠들 자리다.

누가 아이들 떠드는 소리에
귀가 멍들고
날리는 먼지에
눈이 먼다 하더냐!

>

아이들 떠드는 소리

미루나무 가지를 타고 하늘에 오르면

흰 구름 되고

무지개 되고

나는 새 되고

별빛이 되는 줄

너 몰라 내게 묻느뇨?

8월 흰 구름

흰 구름은
8월 하순
이층에서 보는
흰 구름이 제일로 아름답다.

숨 가쁘게
모습을 바꾸는
그 변신과 율동과 갈등
꺼밋하고 조금은 칙칙하고 조금은 불안한 듯한
어느 왕조의 영화와 몰락
우레와 번개의 칼날을 그 가슴속에 숨긴 듯한……

흰 구름은
8월 하순
이층 창가에서
너 보내고 나서 혼자 보는 흰 구름이
아무래도 제격이다.

내 것이로다

고즈넉
가을 풀벌레 울음소리 속에
들어앉은 외로움은
내 것이로다.

한 마리 능구렁이 배암처럼 호사스럽고
징그러운 옷을 입혀서
아무리 나누어 가질래도
네게조차 나누어줄 수 없는
이 외로움,

물같이 흐른다 하자.
유리알같이 차고 맑다고 하자.

가을밤 이슥토록 풀벌레 소리와
푸른 달빛과 나와 마주 앉아서
밀물지는 이 호젓한 기쁨 또한
내 것이로다.
네게조차 나누어 줄 수 없는
내 것이로다.

산을 바라본다

속상한 일
답답한 일
섭섭하고 마음 맺힌 일
있을 때마다
산을 바라본다.

턱을 괴고 앉아
산을 부러워한다.

어쩌면 저리도 푸르고
저리도 의젓하고 넉넉하며
가득히 아름다울까?

너무 속상해하지 말게.
너무 답답해하지 말게.
너무 섭섭해하지 말게.

오늘도 산은 내게 넌지시
눈짓으로 타일러
말하고 있다.

어리석음

나는 네 고삐에 매달린
한 마리 염소.
이러지도 저러지도 못하고
너를 맴도는
괴팍스런 한 마리의
재래종 검정염소.

지지리도 못나게시리
쓰잘 데 없는 고집만 세어서
쓰잘 데 없는 뿔만 두 개 길러서
길거리를 혼자 헤매는 눈길이 있다.
산길을 혼자 걷는 뒷모습이 있다.
물을 따라 혼자 흐르는 마음이 있다.

방안에 앉아서도 대문 밖의
발자국 소리나 지나가는 말소리에
기울여지는 어리석은 귀가 있다.
잠결에도 퍼뜩 놀라 깨어나는 버릇이 있다.

불면의 밤

비바람 몰아오는 한밤을
길을 가다가 길을 잃고
낯선 산골 오두막집에서
오돌오돌 떨면서 한밤을
빗소리와 함께
도깨비불 함께
지새운 아침이여.
쓸쓸한 햇살이여.

너를 두고 시를 쓰던 일도 이미 이렇게
한마당 부질없는 잠꼬대였구나.
사람을 사랑한다는 일도 이토록
가여운 한때의 부질없는 헛수고였구나.
너를 생각하며 울먹이던 일 또한 그렇게
철딱서니없는 밤바람 소리였구나.

흘러간 물.
흘러간 꿈.
흘러간 밤.

그 밤의 도깨비불.

깜박깜박.

네가 변했다

.

흐르는 물을 보라.
하늘 나는 구름을 보라.

우리가 저와 같을지니
저와 같이 되기를 바랄지니
발 묶여 우는 자여,
푸른 나무여,
물과 구름은
마음을 두지 않는다.
헛되이 고향을 남기지 않는다.

우리가 서러운 마음 가지면
물과 구름도 서러운 마음 하나로 흘러가고
우리가 답답한 마음 가지면
물과 구름도 답답한 마음 하나로 흘러가고
우리가 뜨거운 마음 가지면
물과 구름도 뜨거운 마음 하나로 흘러가지 않더냐?

네 얼굴에 웃음이 사라졌고
그 잘도 까르륵대던 웃음소리 사라졌대도

어쩔 수 없는 일이다.
가을이 되어 어른스러워진 네가 조금쯤 내게
섭섭할 따름,
어쩔 수 없는 일이다.

자꾸만

아씨야,
피곤하다.
눈을 감겨다오.
잠재워다오.

오늘도 자리 잡지 못해
서성이는 마음,
불안한 눈초리,

나는 언제쯤
정말로의 내가 되나.
사람이 되나…….

침묵을 위하여

침묵하라,
침묵하라,
지금 우리에게 필요한 것은
침묵하는 일뿐이다.
침묵 속에서 우리는
황금의 알을
잉태할 것이니.

오랜 부재

거리에도 골목에서도
또 벤치에서도
너를 만나볼 수 없는
어제 오늘
내 눈은 너를 찾기 위하여
불안하고 피로하다.

머리 짧게 깎은 아이,
청바지 입은 아이,
안경을 낀 아이,
아무나 뒷모습만 보고서도 나는
가슴이 덜컥 내려앉는다.
저 애가 아닐까?

번번이 헛보는 눈길.
번번이 빗나가는 짐작.
번번이 어리석은 생각.

너의 배경

아씨야, 내가 바라보고 있는 것은 언제나
네가 아니라
네 배경일 뿐인지 모른다.
네 등 뒤에 흘러가는 하늘의 흰 구름, 푸른 산, 푸른 나무,
나뭇잎을 스치는 바람의 손, 날리는 먼지……

아씨야, 내가 듣고 있는 것은 언제나
네 웃음소리 네 말소리가 아니라
네 배음일 뿐인지도 모른다.
네 웃음소리 말소리를 따라오는 맴맴 매미 소리, 개울물 소리,
하늘의 먹구름 흐르는 소리, 그 우레 소리, 어디선가
가랑잎 갈리는 소리……

아씨야,
너는 내 눈에서 무엇을 읽을 수 있느냐?
텅 빈 동공,
주인 떠난 폐가,
하늘 밖 땅 밖으로
귀양 보낸 마음.

>

아, 나는 오늘도
흐르는 강여울에 한 척의
나룻배로 떠내려가고 있다.
붙잡아다오.
붙잡아다오.
붙잡아다오.

어리석은 자여

물을 보러 갔더니
물은 떠난 지 오래고
물소리만 남아 기다리고 있었다.

돌담장 가에 피어난
박꽃이
하얗게 물소리에 젖어들고 있었다.

어리석은 자여, 마음의 헛간을 짓지 말게.
어리석은 자여, 고향을 두지 말게.
어리석은 자여, 꿈을 만들지 말게.
어리석은 자여, 내일을 믿지 말게.

사랑한다는 것은

사랑한다는 것은 우선적으로
내가 너를 믿는다는 말이다.

사랑한다는 것은 우선적으로
내가 너를 기다린다는 말이다.

사랑한다는 것은 우선적으로
내가 너를 오래 잊지 않는다는 말이다.

사랑한다는 것은 네가 떠난 자리에
나 혼자 남는다는 말이다.

사랑한다는 것은 우선적으로
내가 너를 용서한다는 말이다.

저녁노을

아침 하늘 아침 해보다
저녁 하늘 저녁노을이 아름다움은,
누구나 아름답다.
코허리 찌잉 느끼며
가던 발길 멈추어 잠시
햇무리의 장송을 슬퍼함은,
아침 하늘 아침 해보다 저녁노을 저녁 해가
짧고 덧없기 때문이요,

내 앞에 앉아 있는 네가
울고 싶도록
어깨를 마주 부비며 울고 싶도록
아름답고 사랑스러움은
너와 내가 같이할 날이
짧고 짧기 때문이다.
너를 보내야 할 날이 우리 앞에
가까이 다가오는 것을 우리가
슬퍼하고 슬퍼하기 때문이다.

안경 얼굴

저게 누굴까?
안경을 벗은
너의 얼굴은 생판 새롭고
낯선 얼굴이다.

안경을 썼을 때
그토록 차고 맑고 생기 있던 눈이
촉기를 잃고 있다.
흐릿하니 초점을 잃고 있다.

역시 너의 얼굴은
안경을 쓴 얼굴이어야 한다.
안경은 너의 얼굴을 위해서
생겼나 보다.

가을의 기도 · 2

주여, 새삼스러이 또 당신의 가을이옵니다.
하늘은 더욱 커단 문을 여시고
샘물은 더욱 그윽한 눈을 떠서
우리를 바라보기 시작합니다.

사과나무의 사과들은 그 높고 아슬한 가지 위에서
땅으로 내려앉을 채비를 서두르고
가여운 혼령들은
머나먼 길을 떠날 때가 가까운 듯
키 큰 미루나무 숲길에 나와
서성이고 있습니다.

주여, 눈을 뜨게 하여 주옵소서.
지난여름 저희는 눈을 뜨고는 있었지만
아무것도 보지 못했습니다.
지난여름 저희가 꽃이라고 믿었던 것이 있었다면
그건 종이로 만든 꽃이었고
지난여름 저희가 사랑이라고 믿었던 것이 있었다면
그건 조그만 이기심이 쌓아 올린 흰 구름의 성채였습니다.

>

주여, 꿈을 깨게 하여 주옵소서.

사치스러움과 허영으로 쌓아 올린 흰 구름의 성채가

무너지는 소리를 새삼스러이 듣거니와

주여, 이 가을에는

꿈을 깨게 하여 주옵소서.

내가

내가 숨을 쉴 때
하늘과 산과 꽃과 냇물도 숨을 쉬고

내가 기뻐할 때
강물과 새와 바람과 나무도 기뻐하고

내가 슬퍼할 때
풀잎과 별과 돌멩이와 골짜기도 슬퍼하고

내가 시름시름 앓아누울 때
들판과 과일나무와 바다가 시름시름 앓아눕는다.

드디어 내가 눈을 감을 때
이 모든 것들이 나와 함께 숨을 거둔다.

산행 후

어제는 산에 가서
술 먹고 물소리 듣다가
바지까지 젖어서 돌아왔는데
이상하게 오늘은 피곤하지도 않고
거울 보니 내 얼굴은 맑고
눈빛도 환하다.

어제의 물소리 산바람이 아직도 내 몸 안에
남아 흐르고 있기 때문일까?
어제 본 산골 바위 틈서리
이름 모를 보랏빛 풀꽃의 웃음이 아직도 내 눈 안에
숨어 웃고 있기 때문일까?

산 속의 촛불을 훔쳐온 듯
산 속의 풀빛을 빌어온 듯
아씨야, 모처럼
산바람과 물소리에 씻겨진
맑아진 내 얼굴 깨끗한 내 눈빛
네게 주고 싶다.

>

　그저 가득히 고맙고 기쁘고 눈물겨워할 뿐
　아무것도 꿈꾸지 않는 내 마음
　너에게 보내 주고 싶다.

사랑은 · 2

사랑은
거울,

사랑하는 사람을 통해서 보는
또 하나의 나.

사랑은
색안경,

사랑하는 사람을 통해서 보는
물들인 세상.

자수정빛 연둣빛으로
때로는 회색빛으로

사랑은
하늘,

나 혼자서 다다를 수 없는
이상한 나라의 구름층계.

외로움

어머니 뱃속에서 나와
탯줄을 가르고
세상에 첫울음을 터뜨릴 때부터
나는 혼자였고
외로웠네.

어려서 시골 운동회 날
그 많은 사람들 속에서도
이모 따라 구경간 서커스장 속에서도
나는 혼자였고
외로웠네.

자라서 어른이 된 다음
낯모르는 많은 사람들 사이에서도
나는 혼자였고
외로웠네.

이제 너를 알고 난 다음
너를 앞에 두고서도
너와 헤어져 돌아와서도

나는 혼자이고
외롭네.

네게로 간다

울음의 바다,
눈물의 바다,
빛 속에 감추어진 그늘을 지나
그늘 속에 숨겨진 빛숲을 헤쳐
네게로 간다. 한사코
네게로 간다.

비록 다리 절고 눈빛 흐리지만
이몽룡 되어 로미오 되어
아, 아사달 되어
네게로 간다.

슬픔의 바다 건너
모욕의 바다 건너
덫과 덫의 동굴을 지나 너는
눈을 씻고
몸을 씻고
맘을 씻어서
빛나는 팔과 다리
풀잎이 되어

수런대는 수풀이 되어
기다리거라.

춘향이 되어
줄리엣 되어
아, 망해 버린 나라 지켜
근심 많은 아사녀 되어
기다리거라.
기다리거라.

내 앞에 있는 너

내 앞에 있는 너는 이미
내가 꿈꾸던 네가 아니다.
내가 생각했던 네가 아니다.
그럼 너는 어디 있는가?
내 그토록 몇 날 몇 밤을 지새워
생각턴 너는 어디 있는가?
너와 헤어져 살던 날
너 보고 싶다 생각하며
그리워하던 너는 이미 흘러간 날의 너이고
너를 만나고자 차를 타고 오며
생각하던 너도 이미 흘러간 시간의 너이고
지금 내 앞에 앉아 있는 너는
전연 새로운 너인가?
또 다른 너인가?
내일로 이어지는
새로운 시간을 건너는
새로운 징검다리로서의 너인가?

석공을 생각함

그 젊으나 젊은 나이를 바쳐
많은 세월을 바쳐
돌을 쪼고 있었을 신라의 백제의
석수장이를 생각한다.
젊은 석수장이의 정 끝에서
모습 드러내기 시작하는
부처님의 미소와 우아한 탑신을 생각한다.
누구에게나 젊은 날은 소중한 것
한 번밖에 오지 않는 것
헛되이 써먹을 수 없는 것
그 젊으나 젊은 나이를 바쳐
그 많은 세월을 바쳐
어쩌면 돌을 쪼으는 일에
그토록 열중할 수 있었을까?
그것은 명예 때문이었을까?
재물, 권세, 혹은
여자 때문이었을까?
아니다, 아니다,
그들의 가슴속에는 이미 부처가 살아 있었고
극락으로 향하는 곧은길이 마련되어 있었기

때문일 게다.
새 세상에 대한 목마름
하늘나라에 대한 타는 그리움이
그들을 그렇게 만들었을 것이다.
자기 가진 가장 값진 것을 바쳐
세상에 없는 것을 이루려는
빛나는 사랑의 실천자
위대한 무상의 행위자로
처음과 끝이게 했을 것이다.

너와 함께

나 혼자만 가야 하는
천국이요 극락이라면
사양하겠네.

심심해서
너 없이는 심심해서
천국에도 극락에도
가지 않겠네.

네가 있는 곳이
먼지 속이라면
먼지 되어 섞여 살겠고

네가 있는 곳이
미움과 욕설 속이라면
미움이 되어 욕설이 되어 썩겠네.

무너지는 살과 뼈 옆에
나도 무너지는 살과 뼈가 되겠네.

너를 아껴라

네가 가진 것을 아껴라.
해와 달이 하나이듯이
세상에 너는 너 하나,
너 이전에도 너는 없었고
너 이후에도 너는 없을
너는 너 하나.

많은 꽃과 나무 가운데
똑같은 꽃과 나무는 하나도 없듯이
세상의 많은 사람 가운데
너는 너 하나,
하나밖에 없는 소중한 존재.

세상의 그 무엇을 주고서도
너와 바꿀 순 없다.
세상을 다 주고서도
너를 대신할 순 없다.
세상의 어떤 값진 것으로도
너를 얻을 수는 없다.

>

네가 가진 것을 아껴라.
너의 결점과 너의 장점,
너의 좌절과 너의 승리,
너의 뜨거움과 그리움,
너의 깨끗함을 아껴라.

아름다운 자리

놓일 곳에 놓이게 하여 주옵소서.
쓰여야 할 곳에 쓰이게 하여 주옵소서.
뿌리 내려야 할 곳에 뿌리 내리게 하여 주옵소서.
그리하여,
꽃 필 때를 알아 꽃 피우는 나무이게 하여 주옵소서.

내 안의 사람

내가 너를 예쁘다고 생각하는 건
이미 내 안에 너를 닮은
예쁜 생각과 느낌이 숨어 살고 있었기 때문이다.

내가 너를 보고 사랑스러움을 느꼈다면
이미 내 마음 안에 그런
사랑스런 모습과 느낌이 숨어서 자라고 있었기 때문이다.

누군가를 사랑해 보라.
세상 모든 것들은
사랑스러운 것으로
아름답고 빛나는 것으로
보일 것이다.
그래서,
세상 모든 것들이
사랑하는 사람의 모습으로 변할 것이다.

조그만 세상

너는 귀가 조그만 아이다.
그러므로 너를 사랑하고 있는 동안 나의 세상은
조그만 세상이 될 것이다.

너는 맑은 눈빛과 깨끗한 영혼을 가진 아이다.
그러므로 너를 사랑하고 있는 동안 나의 세상은
맑고 깨끗한 세상이 될 것이다.

너는 웃음소리가 귀엽고 웃는 얼굴이 복스러운 아이다.
그러므로 너를 사랑하고 있는 동안 나의 세상은
귀엽고 복스러운 세상이 될 것이다.

나무와 새

나무는 새가 오기를 기다렸다. 새 가운데서도 참새나 굴뚝새나 까치같이 흔한 그런 새가 아니라 날개의 깃털이 황금빛이고 눈알이 동글고 맑은 새, 우는 소리 또한 가슴을 울리는 새를 기다렸다. 그런 새는 좀처럼 나무에게 오지 않았다. 언제쯤 새가 올 것인지 그것도 나무는 알 수 없었다. 그래도 나무는 새를 기다렸다. 새가 너무 오랫동안 오지 않아 나무는 쓸쓸했다. 나무는 하늘의 구름, 바람의 속살, 별들의 뒤꿈치나 만지는 걸로 심심한 나날을 달랬다. 너무 오랫동안 새가 오지 않아서 나무는 잠이 들어 버렸다. 깊고 깊은 잠이었다. 꿈속에서 나무는 빛을 가르며 날아오는 날카로운 날갯짓의 한 마리 새를 보았다. 날렵하게 날개를 접고 새가 나무 위에 앉았다. "이건 꿈이야 꿈. 그리고 너는 꿈속의 새일 뿐이야." 나무는 중얼거리면서 더 깊은 잠에 빠졌다. "아니에요, 저는 당신이 정말로 기다리던 새예요." 그래도 나무는 새의 말을 들은 척 만 척 했다. "아니야, 너는 내가 기다리던 새의 꿈속의 모습일 뿐이야." "정말이에요. 믿어 주세요. 제 눈빛을 보세요. 당신은 꿈과 잠의 유혹에 속지 마셔야 돼요. 그리고 저를 영접해 주셔야 돼요. 당신이 영접해 주시지 않으면 저는 하나의 빛 덩이, 울음의 덩어리가 되어야 해요. 시간이 없어요. 다시는 당신을 찾아올 수 없어요. 이게 처음이자 마지막이에요. 아, 아, 제 형체가 없어져 가요. 눈이 부셔요. 아무것도 보이지 않아요." 나무는 그제서야 퍼뜩 정신을 차려 새를 바라보았다. 새는 하나의 빛 덩이, 아, 아, 눈부신 울음의 덩어리, 그것이 되어 사라져 가고 있었다. 나무는 부르르 몸을 떨며 깊은 꿈과 잠의 심연에서 빠져 나왔다. 나무는 발밑에 떨어져 있는 황금빛 새의 깃털을 바라보았다. "아, 정말이었구나. 꿈속에 왔다 간 새가 내가 기다리던 새였구나." 나무는 천천히 고개를 숙이며 또 다시 중얼거렸다. "새는 이제 다시는 나를 찾아오지 않을 것이다."

쪽지

선생님
저 왔다가
그냥 갑니다.

실은 나도 네가
한 번쯤 들러주었으면 했었는데
그러면서도 자리를 비웠었는데

나 없을 때 와서
빈자리를 지키다 가면서
적어 놓은 쪽지,

'선생님,
저 왔다가 못 뵙고
그냥 갑니다.'

청카나리아

내 책상 위에
네가 가져다 놓은 화분은
청카나리아,
꽃이 없이 오글오글
새파란 이파리만 예쁜 푸새.

더 자라면 척척 화분 옆으로
줄기가 늘어진다고 그런다.
예쁘게 키워 보라는 것이
화분과 함께 놓고 간
너의 말이다.

지루한 시간
답답한 시간 나는
네가 가져다 놓은 화분에
조심스레 물을 부어 주기도 하고
답답하고 뜨거운 이마로
화분을 이윽히 바라다보곤 한다.

잘 키워 보세요.

예쁘게 자랄 거예요.
네가 화분의 이파리들 사이에서
얼굴을 내밀고 화안히 웃으며
말을 걸어오고 있다.
너의 마음을 이토록 무상으로
받아도 되는 것인지……
나는 그저 이럴 때 빈 마음이
미안스러울 뿐이다.

깨끗한 영혼

꽃은 칭찬해 주지 않아도
저 혼자 아름답다.

너는 사랑해 주지 않아도
깨끗한 영혼을 가지고 있다.

이미 꽃은
저 혼자의 아름다움만으로도
차고 넘치기 때문이요,

이미 너는
너 혼자의 영혼만으로도
깨끗하고 충만하기 때문이다.

너를 보지 못하여

요즘 며칠 두고 네가 전혀
눈에 띄지 않았다.
네 친구들한테 물어도
서울집에 갔는데
잘 모르겠다는 것이 대답의 전부였다.
먼빛으로 보아 밤이 와도
네 창문에는 불이 켜지지 않았다.
참말 무슨 일이라도 생긴 것이 아닐는지,
숱하게 많은 네 친구들을 만나도
전혀 나는 반갑지 않았다.

한 사람을 사랑한다는 것은
사랑하는 한 사람 이외의 모든 사람들을
사랑하지 않는다는 자각의 출발이요,
한 사람을 좋아한다는 것은
다른 모든 사람들을 좋아하지 않겠다는
거절의 미학이요,
한 사람을 얻는다는 것은
다른 모든 사람들을 상실할 수밖에 없는
아픔이라는 것을

네가 보이지 않는 요즘 나는
너로 하여 깨닫고 있다.

사랑이란 안락과 기쁨과 획득이 아니라
끝없는 발돋움과 상실과 끝없는
투쟁을 통해서만 얻어지는
피나는 형벌의 꽃이라는 것을
너로 하여 나는 배워 가고 있다.

목이 마르다

네 얼굴에서 웃음기 사라지던 날부터
나는 말을 잃는다.
세상 모든 것들이 시무룩하니
풀이 죽는다.
지나가는 사람들의 걸음새도 나에겐
쓸쓸하게 보인다.
산도 들도
산의 나무, 들의 풀들도
시무룩해 보인다.
왜 이렇게 모두들 입을 다물고 있는 것일까?
왜 모두들 이렇게 맥이 풀려 있는 것일까?
하루, 이틀,
또 하루, 이틀,
목이 마르다.
가슴이 탄다.
기다리던 너 끝내 볼 수 없게 되는 날부터
나는 앓기 시작한다.
누구도 모르게 누구도 눈치 채지 못하게
속으로 금이 간다.
속으로 경련한다.

아무래도 나는 이 가을
몸살을 좀 앓아야겠다.
낙엽이 떨어져 가는 쪽으로 깊이 모르게
나도 혼자서 떨어져 가야만 하겠다.

비지국을 먹으며

비지국을 한 번도 먹어보지 못한 사람은
비지국의 참맛을 모른다.
그 비릿비릿하고
조금은 역겨우면서도 구수한
어머니 젖 내음새 같은,
행주치마에서 나는 것 같은 냄새를 알지 못한다.

한 번도 사랑을 받아 보지 못한 사람은
남을 사랑할 줄 모른다.
그 손해 보는듯하기도 하고
조금은 기꺼우면서도 서러운
사랑의 빛깔과 무늬를,
항상 말이 떨려 나오는
물구나무선 세상의 어지러운 아름다움을
깨닫지 못한다.

한 번도 큰 하늘을
느껴 보지 못한 사람이 어찌
그 하늘에 큰 별이 떴다는 것을
짐작이야 할까만은…….

가을과 함께

가을과 함께
가을바람과 함께 너는
얼굴의 밝은 웃음을 잃어버렸다.
너의 눈빛은 무언가에 쫓기는 듯
초조하고 불안하다.

무슨 일이 네게 일어난 것일까?
봄과 여름에 보던 그 싱그럽고 풋풋한
너의 모든 것은 어디에서도 찾아볼 수 없다.

자존심이 조금 상했을 뿐이에요.
그래서 방황하고 있는 거예요.
나는 네 자존심이 왜 상했는지 모른다.
어떻게 하면 상한 네 자존심의
날개를 일으켜 세우는지 그 방법을 알지 못한다.
다만 내가 네 자존심을 상하게
만들지 않았길 바랄 뿐이다.

봄과 여름 동안
우리 앞에 타오르던 흰 구름이여,

아름답고 빛나는 속살을
자랑하던 흰 구름이여,
가을과 함께 구름은 벌써
푸스르름 빛이 바랬나 보다.

벌써 추억

너와 함께 간 계룡산을 생각한다.
너와 함께가 아니라 혼자 간
칠갑산을 생각한다.
계룡산에서 본 산철쭉꽃은
봉오리가 보풀어오른 철쭉꽃이었고
칠갑산에서 본 산철쭉꽃은
봉오리 활짝 연 철쭉꽃이었지.

그래 그래, 너도
마악 봉오리 터지려는 철쭉꽃이라고 하자.
붉은 입술 오무린
계룡산 철쭉꽃이라고 하자.

너와 함께 간
금강변 시목동, 어부집을 생각한다.
한 자루 촛불로 어둠을 밀어낸
어수룩한 그 집 툇마루를 생각한다.
소쩍새 우는 팽나무 수풀 사이
어둔 강물에 소쩍소쩍 소쩍새 울음과 함께
거꾸로 비쳐진 별빛을 생각한다.

돌아오는 길목의 보리밭
어슴푸레 달 떠올라
마악 모개 팬 보리들은 바람에
어깨를 비비며 서 있었지.

그래그래, 너도
마악 모개 패어 바람에
쓸리는 5월 보리라 하자.
얇은 블라우스 날리는 반팔소매
드러난 팔뚝에 썬득썬득 스치는 가벼운 달빛,
5월 보리밭 위로 겹쳐지는 달빛이라고 하자.

너를 잊기 위해

너를 잊기 위해 산길을 간다.
네 생각 지우기 위하여
흰 구름 보고
물을 거슬러 개울을 오른다.

네게 준 마음
네게 쏠리는 마음
거둬들이기 어려워 막기 힘겨워
나의 두 다리는 어지럽고
나의 가슴은 사시나무로 떨린다.

어찌 네가 내 마음
짐작이나 할 수 있으랴……

내 마음 알아주기에
너는 너무 마음이 여리고
너무 이기적이다.
하기사 나는, 그러한 너를
처음부터 좋아했는지 모르지만……

>

이제 나는 네 까르륵대는 웃음소리를 들을 수 없다.
그 천진하고 맑은 눈빛을 마주할 수 없다.
하나도 결론이 나지 않은 너와의 이야기.
그러나 그것으로 결론이 나 버린
너와의 이야기.

울며 지새지 못한 한밤이여,
흘러버린 나날들이여,
어차피 우리는 결론 없이 세상에 왔고
결론 없이 만났고
결론 없이 나누어선 골목길의
사람들.

너를 가슴에 곱게
묻어 두기 위하여
빈 방에 혼자 앉는다.
울지 않기로 한다.
그래서 잊지 않기로 한다.

나는 비로소

나는 나 혼자 나일 수
없네, 결코
완전한 나일 수 없네.

하나의 까마득한 어둠,
하나의 일렁이는 소리,
하나의 떠다니는 바람.

그러나 어느 날 네가
나에게 찾아오면
비로소 나는 나일 수 있겠네.

어둠 속에서 건져지는
나의 마음, 나의 육체,
소리 속에서 일어나는 불꽃.

나는 비로소 나를
찾을 수 있겠네.
완전한 나일 수 있겠네.

꿈꾸는 구름이여

너는 내 시가 만들어 낸 한 아가씨,
너는 내 시 속에 들어와서 언제나
숨 쉬고 자라는 작은 꽃나무,
재잘재잘 쉬지 않고 속삭이는
작은 성대.

너는 변해도 내 시 속의 너는
변하지 않을 것이다.
너는 떠나가도 내 시 속의 너는
떠나가지 않을 것이다.
너는 나이를 먹어도 내 시 속의 너는
나이를 먹지 않을 것이다.

선생님, 우리 악수하기로 해요.
네 손은 차고 조그마한 비단 실꾸리.
하늘의 별들이 참 곱네요.
네 눈은 땅 위에서 빛나는 작은 별떨기.

구름이여
꿈꾸는 구름이여

우리 이만 손을 흔들기로 하자.

너는 내 시가 만들어 낸 흰 구름 아가씨.

너는 내 시의 하늘에

떠서 빛나는 떨기별.

나태주

나태주 시인은 1945년 충남 서천에서 출생하여 1971년 《서울신문》 신춘문예로 등단하였고, 1973년 첫 시집 『대숲 아래서』를 출간한 이래 『막동리 소묘』, 『산촌 엽서』, 『눈부신 속살』, 『황홀극치』, 『세상을 껴안다』, 『한들한들』 등 36권의 개인 시집을 출간했다. 산문집으로는 『풀꽃과 놀다』, 『시를 찾아 떠나다』, 『사랑은 언제나 서툴다』, 『날마다 이 세상 첫날처럼』 등 10여 권을 출간했고, 동화집 『외톨이』(윤문영 그림), 시화집 『사랑하는 마음 내게 있어도』, 『너도 그렇다』 등을 출간했다. 이밖에도 사진시집 『비단강을 건너다』(김혜식 사진), 『풀꽃 향기 한줌』(김혜식 사진) 등을 출간했고, 선시집 『추억의 묶음』, 『멀리서 빈다』, 『사랑, 거짓말』, 『풀꽃』, 『꽃을 보듯 너를 본다』 등을 출간했으며, 시화집 『선물』(윤문영 그림)을 출간했다.
나태주 시인은 흙의 문학상, 충청남도문화상, 현대불교문학상, 박용래문학상, 시와시학상, 편운문학상, 한국시인협회상, 정지용문학상 등을 수상했고, 충남문인협회 회장, 공주문인협회 회장, 공주녹색연합 초대대표, 충남시인협회 회장, 한국시인협회 심의위원장을 역임했으며, 현재 공주문화원장으로 활동하고 있다.

이메일 : tj4503@naver.com

나태주 시집

사랑이여 조그만 사랑이여

발   행   2016년 3월 15일
초판 4쇄   2021년 10월 29일
지 은 이   나태주
펴 낸 이   반송림
삽   화   윤문영 화백
편집 · 디자인   김지호
펴 낸 곳   도서출판 지혜 • 계간시전문지 애지
기획위원   반경환 이형권 황정산
주   소   34624 대전광역시 동구 선화로 203-1 2층 도서출판 지혜 (삼성동)
전   화   042-625-1140
팩   스   042-627-1140
전자우편   ejisarang@hanmail.net
애지카페   cafe.daum.net/ejiliterature

ISBN : 979-11-5728-173-2 03810
값 10,000원